엠마오로 가는 길

엠마오로 가는 길

하영애 시집

토담미디어

엠마오로 가는 길

빛을 따라 가면 희망이 보이나요?
해 뜬 쪽으로 걸어가면 낙원인가요?
알 수 없는 어둠에서 헤매다
엠마오로 가면 주님을 뵙나요?
건성 교회를 다니니까 아직인가요?

도마처럼 주님 상처 만지고 느껴서
죄를 인정하며 깨닫는 사람이고 싶어요
죄 없이 돌아가신 예수님 때문에
잘 난 척 책을 내기가 주저됩니다
자책하고 반성하며 위로받고 싶어요
2020년 코로나 혼란은 속수무책束手無策인데

모른 척하는 허약한 믿음에
새 시집을 내려고 생각하니
부끄러워지는 진심 용서하시고
역행하는 욕심 이해해주서요
평화와 자유의 함성이 기쁘면서 우려돼요
주님과 동행하기로 이 책을 바칩니다
— 2021년 2월 1일

차례

1부

가로등

해 지고 어둠 오면
홀로선 등 하나

긴 여름밤 열대야에서
겨울까지 걸어왔을 고달픈 생

바람 맞고 눈 맞아
비 눈물 흘리며 부르는 노래

인적 끊긴 적막강산에
달빛 별빛에 젖은 긴 그림자

한세상 홀로 서서 밤새도록
세상의 이야기 언제 끝내려나?

꽃들

주인 따라 이사 온 꽃들
제 땅이라며 자유롭게 해와 놀다
아파트 독방에 갇혔네

치자꽃 시들부들 향 없이 피어나니
기생초 기신기신 일어나 보라색 예쁜 꽃
색향이 예전만 못 하구나
이슬에 몸 씻고 햇빛에 분 바르던 시절은 어디?
운명이 베란다 독방신세더냐?

눈에 보이는 혼란 속 하루 살기가
너 나 모두 땅 하늘이 고향 아니었나
살아 여기 온 내력이 그려지는 이 봄
주님의 위력에 고개 숙여지는 날

가을비

고운 색색의 단풍들
눈 가는 곳마다 장관이네
이 세상이 천국임을
느끼게 해주시더니

지난밤 가을비에
흠뻑 젖은 옷이
색깔마저 변해 버린 채
비 눈물 흘리고 서 있네

땅바닥에 떨어져 뒹구는
수많은 낙엽을 보며
오면 간다는
이치를 깨닫게 해주시더니
나 또한 주님 향해 걸어가네

가을 산

오색찬란한 단풍의 화려함이
사람을 부르네요

가을 산이 차려낸 풍요로운 이 땅
갖가지 익은 과일과 새들의 풍악

산 사람들의 지속된 양식인가요?
동식물들의 평화로운 보금자리

내 사랑 가을 산
몸 담아 살아온 터전
가을 산이 주는 무한의 주님 사랑

가을 숲

만추晩秋의 세상
천상의 나라인가
눈 부셔라

형형색색
내 마음 천당을 깃들여
잡스러운 세상 버리고
최초의 낙원을 살겠네

시샘하는 바람이여 고정하라
떨어지는 낙엽들 가벼운 바람 속으로
영원한 낙원을 향하는가?

가을의 별난 손님

일곱 장 이파리 칠엽수
마로니에 나무
가을이라며 하늘땅의 열매
알밤과 닮은 모습
가을이 발등에 툭 떨어진다

독성이 있다는 것 알면서
세 개를 주워
형제로 태어난 열매
각 다른 모습으로 제 갈 길 가나

한약재로 쓰이는 타고난 운명
무더기로 따 가는 사람도 있는데
독성이 있는 앙칼진 성향
가까이 하기엔 무서운 열매

탐스럽게 익어 탁구공만한 열매
통통한 흑갈색 윤기가 반짝반짝

고향은 발칸반도라 타향살이구나
가을에 오신 별난 손님

낙엽이네

어느새 가을이 왔습니다
해마다 만나는 가을이지만
금년엔 더더욱 반갑습니다

이렇게 세월은 또 갑니다
내 얼굴에 주름살 늘고
기력도 차츰차츰 약해집니다

되돌아 올수 없는 이 길을 걷고 있지만
가기 싫은 내 마음
최선을 다해 살 뿐
낙엽이 바람에 날리는 것 보입니다

가을을 위하여

입추 오고 말복 지나니
아침저녁엔 많이 시원해
요란하던 매미소리 없고
찌르찌르 찌르르
찌르레기 소리 구슬프다

지루하던 여름도 떠날 차비를 하고
가을이 더디게 찾아오고 있다
자연의 질서는 하느님 소관
흘러가는 세월 또한 주관하시고
우리는 섭리를 따르기 바쁘네

가을이 오면 가을과 살고 싶다
풍요로운 가을 곁에서 누리고 살며
코로나도 엄습 못하는 평화
방콕했으니 가을의 절경 꿈꾸며
한 살 오는 나이 거절하면 되겠구나

과천 예찬

과천의 봄은 유난히 아름답습니다
가을은 더더욱 아름답고 여름과 겨울도 최고
눈 닿는 곳마다 꽃은 피고 지고 만발하여
꽃비 내리면 또 가을 단풍과 낙엽
한 없이 걷고 싶고 뜨거워지는 감성

우뚝 솟은 관악산은 과천의 수호신
아기자기한 엄마 품속 같은 청계산
서로 손잡고 마음껏 놀다 올 수 있는 곳
우리를 불러주는 현대미술관과 조각공원
자유로이 산책할 수 있는 둘레길 서울랜드 경마장 길

학구열로 자주 찾는 과학도서관과 시민회관
역사의 흔적인 추사박물관 온은사와 향교
도서실이 많고 체육관 쉼터가 많아
어르신들이 쉬어가기 좋고 숲이 좋아 끝없이
숲속을 거닐 수 있는 곳 과천

여기 사시는 분은 복 받은 사람입니다

멋진 모습 장애인복지관 문화원 위상을 지켜

전국에서 견학 오는 과천노인복지관

건물이 좋아 하루에 1,300명의 점심을 책임지는 곳

봉사자의 도움으로 운영하고 있으며

어르신들 웃음소리가 끊이지 않는 곳

만족의 시간들 아름다운 대화가 있고

화합이 기쁨이 샘솟는 과천

남은 삶도 눈 감을 때 까지

이곳에서 살고 싶습니다

고층 아파트

고층 아파트에 살며
어둠이 찾아 들면 한 집 두 집 켜지는 불
불빛 아래 울고 웃는 사람 그려지네
쓸쓸한 어떤 사람은 노래하나 그림 그리나
젊어 감미로운 연애편지를 쓰고 있을까?

둥근 달 얼굴 보며 슬픔을 읽고 있나
기쁨을 쓰고 있나
지친 달이 넘어갈 즈음
하나 둘 불빛은 꺼져가고
꿈을 향한 사람 꼬박 밤을 새울 것인가

성냥곽 같은 아파트 층층에 살며
인사 없는 사람들이지만
오늘 내일 새로운 색색의 꿈을 향해
모든 정열을 쏟아내고 있겠지
어둠이 찾아 들면 한 집 두 집 밝히는
불빛 따라 새로운 꿈이 커지겠지

과천현대미술관

가을바람이 옷소매 당겨
호숫가에 닿았다
저녁노을 바라보면서
행복한 마음을 다지며
시를 잘 쓸 수 있는 묘법을
삼종기도와 버무린다

힘없이 떨어져 밟히는 낙엽들
저토록 부서지지 않으면 모른다
아프고 슬프게 겪어내야
시가 된다는 것을
천천히 내려오며 마음에 새긴다

어느 역에 하차할지 알 수 없고
어느 때 멈출지 알 수 없는
시詩를 어느 그릇에 담아낼까
이제사 보이는 끝자락

꽃길에서

꽃비 내리는 벤치에 앉아
나무가 쏟아놓은 꽃잎들을 보며
땅바닥에 온통 널브러진 꽃잎 보니
어머니가 꿈에 오신 길이었나?

여기저기 꽃잎들은 시샘하듯
뒤질세라 피고지고
내 눈 닿는 곳마다
꽃들의 향연이 펼쳐진 곳

매해 봄에 꽃은 다시 오지만
봄바람 타고 날아가버린 이 오지 않고
아득한 세상을 뒤돌아보니 그리움 가득
그냥 꽃비에 젖어 마음까지 젖어버리네

꽃들의 축제

순백의 나라에 다녀왔다
백의의 천사들이 춤을 추는가
벚꽃이 만발하여 하늘거리는 모습
천국이 따로 없구나

또다시 꽃들의 축제가 시작되어
햇빛에 반사된 꽃들은 내 눈을 부시게 하고
멀리서 동행한 이들도 덩달아 환한 꽃 되어
복사꽃처럼 화사하게 살아 움직인다

벚꽃터널을 지나가는
과천대공원의 사월은 온통 꽃 세상
하얀 벚꽃과 연보랏빛 진달래로 치장한
현대미술관 입구 오솔길은
세상에서 제일 멋진 꽃길이네

나는 행복하다

옛 시절
어떻게 살아왔을까
방안에도 얼음이 얼었고
화장실 하나로 네 가구가 사용했지

냉장고 TV도 없고 수도도 집집이 없어
물지게로 식수 나르며 살던 시절
연탄아궁이 하나로 밥하고 된장 끓이고
그래도 웃음꽃 피고 행복했는데

지금은 난방 되어 겨울에도 춥지 않고
여름엔 에어컨 밥은 전기밥솥이 해주고
세탁기가 빨래해주어 편리함이 넘치는데

무슨 불만 그렇게도 많고 많은지
사람의 욕심이란 끝이 없나봐
종일 즐겁지 않네

나목裸木

가지마다 꽃 매달아
웃던 시절 어디 가고
짙은 녹색 너울대며 놀던
싱싱했던 여유로움 어디 갔나?

오색찬란했던
꿈도 잃어버린 채
새로운 탄생을 준비한다
침묵으로 찬바람 버티며
땅 속에 묻은 소망
새로 태어나길 기다리나?

나에게 쓰는 가을 편지

어느새 여기까지 왔나
놀랍고 신기하다
눈 깜박할 새 팔순의 중반에 들었구나

아까운 시간들 허송하진 않았나
제대로 살고 있는지
어디서 왔는지도 모르면서 어디로 가고 있나

미지의 세계로 달려가고 있는 나
좋은 세상에 태어났다고 행복을 노래하기도하고
슬픔의 시간은 이 시간도 언젠가 흘러간다고

생로병사生老病死의 길 오늘도 묵묵히 걸으면서
어떤 삶이 좀 더 나을까 생각해보지만
그냥 순리대로 살아간다네

어느 날 어느 때 갈지 몰라도
마지막 가는 길 고통 없이 미소 띠우며

훨훨 가볍게 날기를 빌며

오늘도 최선을 다 하자

나무 그림자

하얀 재건축 아파트 임시 담벼락
멋진 나무 그림자 그려진 곳

어느 화가의 작품인 듯
흑백 사진처럼 고상한 벽화가 되어
길거리 곳곳에서 날마다 볼 수 있다

볼수록 우아한 그림자 나무
명화를 감상하듯 오가며 보는 즐거움

햇볕이 강한 날은 더욱 더 선명하고
바람 부는 날은 생동감 있고 감칠맛 난다
가끔 산까치가 멋진 모델이 되어주기도 한다

아! 혼자 보기 아까워라
오늘도 너로 인해 하루가 즐거웠다

나의 꿈 어디로

예전엔 가끔 책을 읽다가
순간순간 떠오르는 대목이 있었는데
꿈과 희망과 목표도 있었는데
그 열정 다 어디로 갔나

마음은 될 것 같은데 하얀 백지장이니
생각은 오리무중 텅 빈 머릿속을
청소기로 먼지라도 털어 볼까
깨끗하게 닦아낼 수는 없을까

어리석은 나를 스스로 다독여본다
현실을 받아들이며 살기로 하자
인내하면서 조금씩 적게 보고 적게 듣고

천천히 걸어가자 욕심도 버리고
마음도 비운 것 같은데
생각해보니
아직도 더 많이 비워야겠다

나의 삶

황반성 주름이라는 병을 얻어
실명 위기를 맞아
망막수술을 선택했지만
예전 같은 내 눈은 아니다

귀도 발음이 정확히 안 들리고
어리바리 맑은 정신마저 없어
혼절한 듯 사는 것이 재미없지만
시간은 잘도 흘러가는 구나

그래도 즐거움을 찾으려고
복지관에서 일주일간
분주히 공부하느라
세월 가는 줄도 모르고
아파 할 여백도 없다
이것이 행복 아닐까

2부

내 마음

눈을 떴다
창밖엔
밤새 눈이 제법 내렸다
입춘 지나고 내일 모레가 우수

올 겨울은 춥지 않고 잘 넘겼는데
때늦은 추위에 눈이 내리니
반갑고 마음이 상쾌하다
하얀 세상이 환하니 겨울답다

남쪽에선 철쭉꽃이 피고
제비까지 날아다닌다는데
따뜻하고 꽃피는
봄을 기다리는 내 마음

네잎클로버

난 가끔 풀밭을 서성인다
네잎클로버를 찾는다
눈도 나쁘면서 왜 그럴까

나는 아직도 행운을 바라는 마음
행복하면 되지 행운까지 욕심도 많아
하면서도 하나 찾으면 기분이 참 좋다

욕심 부리면서 보면 안 보인다
마음 비우고 천천히 찾으면 보인다
인생도 마찬가지 아닐까

내 사랑 구피

구피를 입양했다
꼬물꼬물 생동력 있어
들여다보는 재미가 쏠쏠하다
방콕하면서 코로나를 잘 이겨냈다

키우는 법 주의사항 잘 듣고
열심히 물 온도 맞춰 갈아주고
먹이 주는 법 용량 몇 가지 잘 지켰더니
한 마리도 실패하지 않았다

물고기도 사랑을 하고 종족 보존을 위해
열심히 노력한다 구피는 번식률 강해
한 달에 한 번 씩 새끼를 낳는다
그러나 나오는 대로 다른 놈이 먹어버린다

5마리 살려내고 또 10마리가 태어났다
눈만 달린 갓 나온 새끼를 보면 사랑스럽다
엄마 뱃속에서 나오면 바로 홀로서기로
먹이와 풀뿌리 먹으며 생존과의 전쟁이다

다이너마이트 인생

하지정맥류 피돌기 생명의 길
발끝을 살리고 심장으로 가는 중
가파른 심장 길 오르지 못해
하지에 주저앉아 버린 피
다리 아프고 쥐나게 하여
약 먹고 침 맞고 자석목걸이로
순환을 촉진하니 잠잠하다

이래저래 컨디션이 요동치니
나이 탓이라 치부하지만
사는 날까지 병 없이 사는 게 소망이라
수술이다 조기진단에 영양까지
혈압 당뇨는 아예 폭탄으로 장전하고
마음 졸이며 언제 터질지 기다리는 인생
아슬아슬 고공의 외나무다리 걷기다

지금도 난 왼쪽 가슴이 이상한 느낌
젊어서부터 있던 병이라

검사하면 심전도에는 이상 없다니 그냥 지내고 있다
혈압 당뇨 모든 것 다 안고 사는 나는
다이너마이트를 달고 있으니 긴장 속
언제 터질지 아슬아슬 오늘도 걷고 있다

눈꽃 피었다

이른 아침 커튼을 열었더니

와!

창밖 벚나무에 하얀 벚꽃자리에
눈꽃이 소담스럽게 피어 있었다
온통 하얀 세상으로 변해 버렸네

만 가지 허물을 덮어주고
어지러운 세상을 포근히 안으니
내 마음도 환하게 밝아진다

자연은 사람들에게
행복하라고 좋은 선물 주는데
나는 무엇으로 보답하리

당신은 아직도

천근만근
무거운 몸
지독한 감기가
나를 찾아 왔다

깊이 잠들지 못하고
꿈결 속에서
당신과 어느 봄볕
산야를 걸었지

다정했던
현실처럼
나를 위로해 주고 간
당신

매미들의 합창

나뭇가지와 잎사귀에
흙 묻은 매미 허물 눈에 띄네

여리고 가는 다리 다치지 않고
몸만 잘 빠져 나왔네
정말로 신기하기만 하다

처음엔 잘 움직이지 않더니
몸을 말리고 또 기지개를 하고
살금살금 나무 위로 올라간다

아이들이 잡아갈까 걱정했었는데
다행히 모르고 지나갔다
안전한 곳까지 올라가 다행이다

이른 아침부터 맴 맴 맴
짧은 생이 아쉬워서 저리 우는가
삶이 감사하고 행복해서 노래하는가

먹고 싶다

예전엔 자식 챙기느라
먹고 싶어도 못 먹고 살았다
요즈음 음식이 남아돌아도
살 찔까봐 못 먹는 시대가 되었다

먹고 싶은 욕망 참고 견디며
눈으로만 먹으며 살아간다
만 가지 음식 차려놓고
꿈에서나 실컷 먹어볼까

먹고 싶은 것 다 먹으면 분명
체중이 늘어나는 체질이니
먹고 싶은 것 먹고 사는 게 복인데
살 안찌는 체질이면 참 좋겠다
있어도 못 먹는 게 더 어렵구나

먹구름에 가려진 4월의 봄

봄은 왔는데
꽃은 지천으로 피는데
보이지 않는 코로나 바이러스
온 세계를 누비며 인간을 조롱하고 있다
첨단 두뇌도 소용없고
박사님 신부님도 가진 자 없는 자도
무차별 쓰러뜨린다

봄이지만 봄이 아니다
꽃이 피어 활짝 웃던 모습 어디가고
서글피 웃고 있다
답답한 내 가슴처럼

매일 만나던 친구 만나지 못 하고
세상사람 모두 마스크를 쓰고
숨을 헐떡이며 산다
코로나가 사람들을 소리 없이 죽이고 있다
눈도 코도 얼굴도 없는 미운 놈

연꽃 피는 세미원

꽃은 다 지고 없는데
세미원 수련꽃 몇 그루
청순한 모습 그대로 꼿꼿이 서서
기다렸다며 흙탕물에서 방긋 웃네

배다리 출렁이며
가을바람 산들산들
강가 언덕에 까치떼
오늘따라 신바람 났네

오랜만에 왔다고
두물머리 강물엔
작은 원앙오리 몰려와
반겨주니 더 고마웠지

청명한 가을 하늘 드높기도 하여
세파에 찌든 때 날려버리니
무거웠던 내 몸과 마음
날아갈듯 가벼워라

벼랑 끝 노인들

노복이 있다 없다는
자식이 잘 살아야 하는 것 같다
요즈음 세태가 노후준비 잘했어도
여러 자식 중 하나만 잘못되면
부모도 실패한 자식 때문에
힘든 삶을 살아가는 사람이 많다
남만 못하게 사는 자식 안타까워
그냥 둘 수 없는 것이 부모 마음

캥거루 자식이니 빨대 자식이니
유행하는 말 많기도 하지만
능력 없이 살기 싫은 요즘 젊은이
결혼 후 부모 그늘에 살며
사회 문제로 떠오른다

참으로 안타까운 시절
옛 풍조는 자식이 모시며 효도하고 살았는데
부모는 나라가 책임지라는 한심한 현 사회
이래저래 벼랑 끝 노인으로 살 수 밖에 없네

봄

창밖 벚나무 젖가슴
봉긋하게 부풀었네

아 예쁘다
정말 봄이 왔네

봄바람 살랑 불 때
좋은 아침! 벚나무 손 흔들어
고마워 봄 아가씨! 답해주었지

실천

봄비가 내린다
눕고 싶지만 안돼
건강 누가 챙겨주나?
우산 들고
산책하기로 한다

소요시간 50분 정도
두 바퀴만 돌면 내 건강은 표준
넘치면 모자람보다 못하지
욕심 때문에 생기는 병이 있지

그간 운동이라도 했더니
체중 2kg 감면해주신 것
너무 감사한 일
이것만 해도 큰 수확이다
실천이 나를 지키는 건강이지…

다시 봄

다시 찾아와
꽃 피우는데
왜 당신은 돌아올 줄 모르나?
툭툭 털고 가면 다시 못 올 먼 길
나 쉬엄쉬엄 따라가고 있네
무엇을 남겨두고 갈 것인가? 고민 중

'인생은 짧고 예술은 길다' 했지
깊숙이 들어앉은 세월에
유서 같은 시 한 편 남겨놓고
후회 없이 하늘의 바람되어
당신 있는 곳으로 훨훨 날아갈까?
기쁨은 없어지고 못 해준 한 남아 있네

봄이 오면

이른 봄이면
주택 집이 생각난다

싱싱한 잎 사이 꽃대 올라온
수선화가 먼저 피었지

서로 바라보며 수다 떨 때면
할미꽃도 함께 웃음 잔치 벌였지

어찌 그뿐이랴

돌나물 냉이 꽃다지 떡나물 쑥
질경이 봄나물이 지천으로 올라와
찬거리 걱정 안했지

우리 집 홍매화 옆집 개나리와
손잡고 춤을 추면 내 마음도 출렁였지

빈집 한 채

안채만 덩그러니 서 있는
나 어릴 때 놀던 외갓집
사랑채도 우물도 돌 세숫대야도
아무것도 없는 허허벌판일 뿐
무심한 바람만 나를 반기네

뒷산과 왕대밭은 아직 그대로인데
대나무는 나를 알아본다는 듯
흔들리며 무어라고 주억거리네
오만가지 푸성귀 가득했던 텃밭에
누가 심어 마늘밭 되었나

내 그리던 옛집은 아니건만
그래도 왜 그렇게 정겨운지
여기저기 꿈 무더기가 들썩이는 곳

사는 얘기

평생 나름대로 열심히 살았건만
남은 것은 아픔에 반죽된 후회
곁에서 날 돕는 늙어버린 살림들

하늘엔 달과 별이 있고
땅엔 온갖 생명체들이 숨어 살지만
나라는 존재 아직 살아 있다

타고난 그릇 크기만큼 사는가
모자라는 것 채우려 해도
운명의 그릇 넘쳐버려 다시 채우나?

맡은 그릇 종지라면
그대로 순응하면서 사는 거야
무엇을 더 바랄 수 있겠는가

시를 쓰며 보람 찾고
친구들과 담소하며 기쁨 찾아

「귀천」의 시인*처럼 소풍 끝나는 날
하느님 마중 나오시기를 기도하며 산다

* 천상병 시인

사랑스런 손자들

다섯 살 일곱 살 코 흘리던 손자
어미를 잃고 세상을 잃고 사랑을 잃은 채
할미 밑에서 자라고 배워
이젠 어엿한 대학생이 되었고
국가의 부름 따라 군 입대하였다
세월은 흘러 눈 깜박할 사이 고통은 갔다

많은 아픔과 즐거움의 사연들
시간 흐른 만큼 성숙해진 손자들
볼수록 흐뭇하고 사랑스럽다
철없던 아이들은 나 보다 키도 훨씬 크고
힘도 세고 컴도 손자들에게 배운다
도와주는 마음을 받아주며 산다

달아난 세월 아깝지 않고
손자들 보면서 기쁨과 행복을 느낀다
험난한 세상 잘 살아갈 수 있도록
내 손에서 떠나 유능한 사회의 일원이기를

간절히 비는 마음으로 보고 또 보며 대견하다
마냥 안타까운 마음으로 바라볼 뿐…

천왕봉에서

지리산 천왕봉에 올랐다
운해가 산허리를 휘감고
빠르게도 움직이는 모습
자연은 경이로워라

야생동물들이 뛰놀고
들꽃이 곱게 펴
산새들도 좋아라 노래할 때
산은 나를 끌어안고 넓은 가슴 내어준다

하느님 지으신 세상
아름다운 꿈을 이루는 세상사
행복한 마음으로 가난을 극복하여
천당처럼 가꾸어지기를 기도하며 산다

관악산을 바라보며

산에 오르고 싶다
위용을 자랑하는 관악산
산이 오순도순 둘러친 과천
산 친구는 다람쥐 산새들 꽃들

한때 산을 즐기며
생수를 얻으러 갔는데
가깝고도 먼 당신
그 시절 다시 오려나

오르다 보면 인생 별거 아니야
오를 때 땀 흘리다가
어느새 어려운 일 해결된 듯
가슴 확 트이게 해주지

안식을 얻으려는 발걸음
나 모르게 이끌려가던 곳
엄마의 푸른 가슴 꽃이 기다리는
산 아래 앉아 바라보고만 있네

빗물

창밖엔 가을비 내린다
끝없이 내린다

옛 사람 생각나고
그리움이 가슴을 적신다

어느새 황혼에 물들어버린
나의 초라한 모습

그저, 본향을 향해
주님 곁 노을 속으로 걸어간다

3부

상사화

심지 않았는데
정원에 오신 낯선 손님
예뻐서 한참 넋을 잃고
바라보며 혼자 행복했지
알고 보니 이름 있는 꽃이었다

기다란 잎 무엇인가?
잡풀인줄 알고
뽑아내려 생각했는데
겉잎은 시들어 버리고
가녀린 꽃대가 뻗었다

잎이 죽고 나서야 꽃이 피듯
이파리와 꽃의 이별이 예사롭지 않다
부모가 가신 자리에
내가 살아 있는 것처럼
사랑은 아프고 쓰린 자리에
새순처럼 돋는다

새가 되어

새가 되어
하늘 너른 세상
자유로이 나는 새야
길 없이 길을 가니
닦인 길 가기 이렇게 힘든데
갈길 못 갈 길
너무 많은 길 어디?

옳은 길이 발목 잡고
좁은 길이 무섭고
찻길이 위험한데
하늘 천지가 모두 네 길인가?

가벼운 날개옷 천사처럼 푸덕여
구름 따라
바람 따라 훨훨
나도 날고 싶다

세월은 간다

금년 여름장마가 짧다 싶더니
가을장마로 연장하는가
창밖엔 장대비가 퍼붓고 있다

하늘이 목마를까봐 생명수를 주고
40도 더위를 식혀주는 높은 하느님 위력
만천하 더위도 사람도 고개 숙이나

공의로운 하느님의 자연
어길 수는 없는 법망
일깨워주시고 세월은 간다

흔적

뒷산 오르다 내 눈이 닿은 곳
고목에 박힌 거친 옹이
수시로 아프겠지?
발의 티눈 디딜 때 마다 아팠지

세월아 고이 지나가거라
다친 상처 후비기냐?
참아내기 힘들어도
어쩌랴! 주신 생명인 걸

생명 지키는 인내의 아픔인 걸
참고 사는 날까지 살아야지
고목의 통증이 내 것인 양
쩍쩍 갈라진 몸피에 내 눈이 박힌다

숲길

청계산 숲길 나무는 나를 가르치는 스승
한여름 햇빛을 향해 가지와 잎을 뻗어
얻어낸 영양 골고루 나눈다

열매를 아낌없이 내어 나누어 먹으라고
살 에이는 추운 겨울을 이겨내야 산다고
조용히 다독인다

봄이 오면
가지를 뚫고 피어난 새싹들 안고 사는 법을
나무뿌리와 새 잎에게 알려준다

계절을 맞아 제몫 다 하며
물을 트고 바람막이 되어주며 키우는 일
꽃피고 열매되는 자리까지 가르쳐준다

새들의 집도 눈감아주고 보듬는다
옆에서 넌지시 바라보는 나에게
삶의 지혜를 속속들이 안겨준다

손자는 해결사

젊은 시절 전기 나가면
두꺼비집 열고 퓨즈 갈았지
형광등 껌벅이면
나만 바라보던 가족들
보일러 고장 나도
내 손에서 해결되었는데
지금은 기계치라 내 손에선 작동 안 돼
모든 것은 손자가 해결사야

에어프라이기 내가 하면 깜깜 무소식
손자 손만 기다리는 안타까움 어찌 하나
컴맹이라 혼자서 할 수 있는 것 없어
이젠 손자 없인 못사는 할미가 되었지

예마당

꽃잎에 부슬비 내리는 '예마당'*
개구리 울어대는 호수 옆에
물안개 자욱하고
시선에 차오르는 자연 경치
누가 그린 한 폭의 수채화인가?
자연 속에 빠져드는 우리 일행

현실이 주는 기쁨 가득한 오늘
정다운 친지 마주하고 나누는 식사
밥심으로 사는 나이다 보니
먹는 즐거움에 건강까지 챙겨
사는 동안 기쁨을 누리는 시간이야
나이가 익혀준 정신 지키면 사는 일
우리 이 나이에 중요한 일 아닌가?

* 양평 국수역 부근에 있는 라이브카페 겸 식당

아침 산책

이른 아침
제일 먼저 문 연 가게는
홍익떡집 반찬가게
그리고 24시편의점

오솔길로 들어서니
까치와 참새가 아침 인사한다
오랜만이네요, 깍깍 쨱쨱쨱

둘레길 돌다보니
대공원에서 만난 무서웠던 까마귀
작고 착한 까마귀 가족도
아침 운동 나왔나 보다

출근하는 몇 대의 차
젊은이 몇 사람 바쁘게 지나간다
3단지 아침 산책길은 혼자다
아니다 주님과 함께다

아버지의 쌀

해마다 가을이면 내 고향 합천에서
쌀이 한 가마니씩 온다
경기미 같지는 않지만
찹쌀 조금 섞으면 참 맛있다

천당에 계신 아버지 논에서 난
아버지 계신 천당에서 부친 쌀 아닌가?
아버지의 쌀로 밥을 지어 먹으면서
고맙다는 인사 어디 대고 할까
불효여식은 아버지 덕분으로
산수봉을 배곯지 않고 수월하게 넘어 갑니다

야생화 단지

수도국 연수원 옆 오르막
나무들 풀들이 손잡아주는 오솔길
초롱꽃 금잔화 도라지 꽃단지
정자에 앉아 오색이야기 나누는 날

옥잠화 하얀 웃음이 빛나
예쁘고 신기해 코 대어 본다
향기 따라가 보니 들국화 너였구나
보기 좋은 아름다운 세상

코스모스 덩달아 손을 흔들고
키 큰 산수유나무 휘적여
열매를 탱글탱글하게 매달고
햇살과 눈 맞추는 중
슬픈 전설의 화사한 옷을 입은
상사화는 님을 기다리는 눈치다

바람개비 큰 허파로

숨을 쉬며 생명들을 키우고
멀리 관악산 능선에서
삼형제봉이 고개 끄덕여
굽어보고 있다

약봉지

눈만 뜨면 약봉지 챙겨
식전에 먹는 약 식후에 먹는 약
어쩌다 깜박 잊어
한 주, 요일을 쓴 약통에 넣고 먹는다

약봉지에 매달린 목숨줄
무슨 큰 영화를 본다고
약봉지에 매달려 살아야 되나?
나 하나를 살리는 생명줄
약의 줄 잡고 열심히 살 거다

노인을 우대하는 세상이니
뭔가를 이뤄 존경을 받아야
한번 사는 세상 후회 없이 살 텐데
약으로라도 무장하며 열심히 살자

양귀비 꽃

그 이름 양귀비
선홍색 붉고 단정한 모습에
내 마음 빼앗겼네

맑디맑은 하늘 아래
흔들릴 때마다 추는 춤
황홀한 전율이여

하강한 천상의 꽃
서울 대공원의 주인공인가
내 마음에 스며든 꽃이여
보고 싶은 그리운 모습이여…

여주의 하늘

과천에서 금성과 목성만 보이는데
여주의 하늘엔 북두칠성 곁에
한 무리 잔별까지 아름다워
빈 가지에 매달린 예쁜 별들

어릴 적 고향에서 보던 달과 별을 새로 보듯
아들딸이 여주에서 지내는 하룻밤이다
오랜만의 행복 이천에서 판도라라는
원전에 대한 영화를 보고 나오니 2시 반

엊저녁에 만들어 놓은 음식으로 아침을 먹고
강가 맴돌며 신륵사 풍경소리 목탁소리 들었다
가톨릭인데 대웅전 바라보며 조용히 인사하고
떨려서 커피 한 잔 마셨다

서산에 황혼 무렵 집을 향해 오는 길
가는 곳 마다 다듬어 놓은 산야의 정원
좋은 공기는 옵션으로 마시고 오니

새삼 가족의 소중함에 가슴 먹먹 기쁘다

가족이 함께하는 일을 구상해야지…

복수초

청계산 눈(雪)에 숨어 노랗게 웃네
험한 세상에 뭐하러 왔니?
코로나 바이러스 여전한데
꽃말처럼 영원한 행복 찾아온 거 맞지

크노멘* 공주 전설에 들어
인연인 두더지 신(神), 키 작고 눈 작아 싫다며?
예쁜 마음인 거 알잖아
일등으로 와서 기다리며 투정인가

그러면 된 거 아닌가?
싸우고 헤어지고 재판하는 세상
사랑하고 아껴주고 너른 땅 가꾸며
아들 딸 곱게 키워 잘 살면 되는 거
평생 배우고도 모르면 안 되지

* 복수초 전설에 나오는 여신

오늘

겨울 창틀 사이
햇살이 직선으로 꽂힌다.
영원한 빛 속에 사는 행복

놓치고 싶지 않은 나날
어제는 가버리고
바라던 오늘인가?

맑았던 머릿속
소소한 일과가 첩첩이 쌓여
무거운 편이지만 흔들어
떨어내 새바람으로 채운다

이 좋은 세상 놓을 수 없다
마음속에 다짐하며
새로운 꿈을 구상해본다

또 가고 있다

오늘따라 조용한 밖을 보니
명상에 잠겨있는 아파트 건물들
세찬바람 불어 춤만 추던 나무들의 기도
조용히 참회로 죄를 다스리나
작심하던 시작이 번번이 후회로 끝내는 것

말씀으로 무장하여
잡다한 생각으로 집에 오는 길
마음은 도로 천근인가
겸손의 방패로 막아야지 했지만
얼크러진 실타래 되었나?

50대 50km로 달릴 때 해놓은 것이 없어
70대 70km로 달리는 세월 빨라 잡지 못해
하루 일이 허무하게 돌아가지만
집중하여 실수 없는 안정을 누리며
50%로 고정해놓고 만족하며 실행하자

오월이 오면

울타리 가득 덮어 핀 장미를 보니
꽃피던 옛집이 생각난다

함박꽃 지고나면
무진장 피어난 장미꽃 송이송이
온 정원에 즐비했던 옛집
오가던 사람들이 사진을 찍었지

눈길 닿는 곳에 피어 웃는 꽃, 꽃
백합도 멋쟁이 보랏빛 붓꽃도 예쁘게
영산홍 철쭉꽃 나리꽃 할미꽃
수 없이 많은 꽃 향에 취하던 시절
오월은 꽃 중에 꽃 장미의 시절이지

오이도에서

교우들과 나들이 갔다
지척에 두고도 처음 온 곳
식당차로 편안히 목적지 도착
푸짐한 민어와 우럭회 매운탕이 달다

등대로 내려가니 수평선이 아물아물
주님의 세계는 영원한 것 또 무한의 것
너른 가슴 하늘 바다 모두 하느님 영역
바다 가슴에 수많은 고기떼
하늘 허공을 채워 훨훨 나는 새떼

갈매기 하늘 바다를 넘나들며 노는구나
저 아파트 송도라며 언제부터 와 날 기다렸나?
바다와 육지 다리로 이어져 서울대가 이사 온다네
밀물 썰물이 해불양수海不讓水로 정화되는 순리
하느님이 이루시는 헤아릴 수 없는 기적이네

오형제 수난

내 손가락 둘째가 몸 다쳐 아무것도 할 수 없네
형이 '걱정 마 너 할일 나와 셋째가 하면 돼'

한 식구 아파 모두 고생 많아도
잘 되지도 않고 만족할 수 없구나
둘째야 너도 중요한 줄 이제야 알았다

'고마워 엄지 형
그리고 동생들아'

'걱정 마 검지야
이 형이 있잖아'

오형제는 서로의 중요함을 깨닫고
깔깔 웃으며 한바탕 시끌버끌

외설악 예찬

세 시간 기다려
케이블카로 상봉까지 올라갔다
내려다보니 웅장하고 수려한 경관
뾰족뾰족한 산봉우리들
운해에 싸여 보일 듯 말듯
은은한 모습이 너무나 황홀하다
저 멀리 울산바위가 내려다보이고
가물가물 보이는 설악의 극치
언제 보아도 고고한 너의 자태
자연의 큰 힘 감히 입에 올릴 수 없구나

가을 옷 갈아입은 모습
아름답다는 말 어찌 다 표현할까
설악산아 울산 바위야
돌고 돌다 이 자리 또 서볼 수 있겠니?
생전에 찾아 볼 수 있을까?
웅장한 용모와 자태 잃지 말고
대대손손 우리의 후손들에게 물려야지

다시 못 오더라도 인생은 그럴 수 있다며
생각 속에 묻어두고 가끔 꺼내보는 거야

코로나19

코로나 바이러스가
곳곳을 떠돌아 전염병을 예고하네
중국 우한에서 태어난 무서운 코로나 바이러스
중국에서 신천지로 대구로 거침없이
전국으로 경북 청도까지 퍼졌지만
누구도 말릴 수 없구나

급하게 SOS를 쳐 봐도 듣는 이 누군가?
미국에서 감당이 안 돼 도움 호소하여
한국기술과 장비로 도와주고 있다는 정보
국제적으로 감사한 일

만물 영장인 사람 코로나 앞에선 속수무책
방콕 숨죽이며 살지만
알고 보면 악랄한 인재 아닌가?
사람이 자연을 훼손한 후유증인가
발전 거듭하다 다친 자연을 달래는 일
지구촌 인간의 다급한 몫으로 다가왔네

성난 자연을 어루만져 하느님 성터 지키는 일
개선하여 벗어날 때가 온 듯하다
더 무서운 병들이 온다는 루머에 속지 말고
몸과 영혼이 건전하여 세상의 것을 아끼고
열심히 일하여 나누고 보전하며 살 일이다

지구를 살려야 우리가 산다

문명이 발달할수록
지구의 생태계가 파괴되고 있다.
옛 시절로 돌아가야 하나?
이렇게 편한 세상을 누리는 동안

바다엔 오염물이 수없이 떠다니고
죽은 물고기들 뱃속에도 플라스틱이 가득
전기 아껴 쓰고 쓰레기 태우지 말자
우리 모두 합심하여 푸른하늘 다시 보며
후손들 살아갈 미래를 생각해야 한다

4부

유월은 왔는데

복사꽃 당신
연분홍 꽃 마음은 어디로 갔는지

어둔 현실이 지난 일 그리며 헤매나
이승과 저승을 오가며
아직 끊을 수 없는 인연을 우는가

고운 빛 어느새 바래고
발걸음 허공 어디 헤매고 있나?

유월은 여전히 푸르건만
아무리 불러 봐도 대답이 없네
되돌아가기 아득하여라

은수저

나 시집을 때 같이 온 은수저
은수저 스무 벌이 얼마나 귀했다고
좋은 시절 끝났나
수저와 나
때 잘 타는 은수저, 늙어버린 나
피장파장인가

물려주려 해도 아무도 반기지 않고
나 누구 집에 사나 해도 대답이 없고
싼값에 어느 날 처리해버렸다
현실에 도움 안 되는 것들 신진에 양보해
천덕꾸러기되기 전에 자리 비키는 배려
중요한 시기라 퇴임도 빠른가

빛날 때 빛이 바래면 쓸모없음을 터득하는 일
배워서 얻기 전에 알아차리는 일
발전하는 시기에 중요한 감성이다
나 누구의 짐이 되는가 생각해 볼 일이다
설 자리 앉을 자리 따져보는 일이다

이곳은 행복

행복을 찾으려 오랫동안
바깥으로만 헤매고 다니느라
집에 숨어 있는 걸 이제야 찾았다

여름이면 햇볕 가리는
시원한 그늘 되고
겨울 오면 따뜻한 햇볕 들어와
봄날처럼 따습다

바깥 기온 아무리 억세도
춥지 않고 덥지 않는
낙원을 만든다

꽃 피는 행복이 집에 있음을
이제야 알았다

장갑 한 짝

길가에 떨어진 예쁜 애기 장갑 한 짝
잃어버린 아가가 얼마나 울었을까
엄마는 얼마나 속상했을까

번지도 없고 이름도 없으니
찾아줄 수도 없네

집에 있는 한 짝
다른 한 짝 기다리며 울고 있을까

온종일 내 마음
짝꿍 잃어버린 듯하다

장미원에서

회원님들 수업 마치고
한마음 한뜻으로 대공원을 향했지
장미원 꽃궁전 만들어 놓고
우리 일행을 정겹게 맞이했다

장미꽃 속에 뛰어들어
꽃 마음 주고 받고
동심으로 꽃을 피웠다

가지각색 꽃들
꽃이 사람이고 사람도 꽃
꽃에 취해서 나도 꽃이 되었다
당신은 나비되어 나를 찾아오시려나

조국을 위하여

거리엔 촛불 행렬
태극기 행렬이 물결치고
너무도 소란스런 대한민국
지금 어디를 행해 달리고 있는가

선조님들 피땀 흘려 이룬 이 땅
쓰러져서는 안 되지
애국 시민들의 가슴을
너무도 아프게 합니다

하루속히 안정된
우리나라가 되었으면 좋겠습니다
대다수의 국민들은
밤잠을 설치며 살고 있습니다
주님 이 나라를 지켜주소서

좋은 세상

두 손자 벗어 놓은 옷 산더미
옷과 수건들 말리지 못해 꿉꿉했는데
딸이 보낸 건조기덕에 빨래가 뽀송뽀송
문명의 이기는 많고 많구나

제습기도 사 보내줘
강아지처럼 끌고 가 코드만 꽂아 주면
방이 건조해져 기분 좋다
세 시간 안 되어 물통엔 물이 가득

이 좋은 세상에 나만 구세대로 살았구나
새 문명의 시대 돈 없으면 살기 어려워
돈 있어도 모르면 누리지 못하지
딸이 준 기쁨지수 인생 종말에 누리는 행복

친정 엄마

우리 엄니 18세에
정직하신 공무원의 아내로 시집 오셔
아들만 좋아하던 시절 딸 여섯 낳으시고
말 못 할 가슴앓이 속 태우시다
죽음을 마다않고 두 아들 얻으셨네
온 세상 다 가진 듯 기쁘고 행복하셨지

그러나
두 아들 성장해 장가가는 것도 못 보시고
58세 젊은 나이로 세상을 떠나셨지
출가 못한 삼남매 두고 어찌 눈 감으셨을까
하느님이 부르시던 가요?
세월 지나 두 아들 장성하여 우뚝 서서
어머니를 기리며 효심 다하고 있습니다

어머님의 희생과 아버님의 은덕으로 곳곳에서
각자 자신들의 위치에서 8남매 잘 살고 있습니다
참되고 선한 부모님의 교육이 헛되지 않았습니다

이 나이가 되어서야 철이 나는 이 불효 여식

오늘 따라 부모님이 보고 싶습니다 그립습니다

카카오톡 여행

소파에 등대고 편안히 앉아서
스위스를 다녀왔다

설산 융프라우를 다녀오고
산악 열차 타고 리기산에 올라가고
오가는 길에 수많은 야생화들
드문드문 보이는 그림같이 예쁜 집들
보라 빛 작은 꽃 에델바이스
옛 시절 알프스 소녀를 생각하고
할아버지와 겨울엔 눈 속에서 꼼작 못하고
봄이 되어야만 아랫동네 교회를 가던 소녀 하이디
산악열차타고 오르는 모습 보면
아찔함을 느끼면서 기분 상쾌했었지
사운드오브뮤직 영화도 머리에 떠올리며
둘째동생 가족 여행인데 동행이라도 한 듯
생생하게 현실처럼 보는 카카오톡 사진들과
동생들이 수다가 행복을 가져다주네
동생들 덕에 스위스 여행 잘 했네

천상에서

양평 세미원 야외수업
자동차 세 대로 출발
세미원 매표소에 모인 우린
홍학을 따라 화원을 거닐었다

거기
신비한 천상 경치 펼쳐졌는데
열여덟 홍련 아가씨와 완숙한 백련 여인들
카메라로 들여다보니 미모에 홀렸는지
지나는 얼굴들이 죄다 연꽃 같았다
나 연꽃 아닌가?
꽃이 꽃을 보고 서있었다

어디서 나는 냄새인가?
하와이 코나커피 향기에 정신이 번쩍
꽃에서 나로 돌아왔다

하루 바보

바보라고 함부로 대하지 마라
바보라도 생각할 줄 알고 참을 줄도 안다

바보처럼 보인다고 짓밟지 마라
바보는 밟을 줄은 몰라도 밟힐 줄은 안다

바보라고 땡벌 쏘듯 쏘지 마라
그도 쏠 줄 알지만 쏘지 않을 뿐이다

사람이 좋다고 바보라고 생각하는
사람이 바보일 수도 있다

잘 났다고 상대를 얕보지 마라
나보다 못난 사람은 없다는 것을 알아야 한다
서로 코드가 다를 뿐이다

성질대로 함부로 말하면 자기 속은 편해도
상대에게 큰 상처 준다는 것 알아야 한다

서로 푸근하고 따뜻한 말 한마디와
감싸주고 껴안아줄 줄 알아야 한다

한티 순교지

동생들과 떠난 1박 2일의 피정은
우리 삶에 중요한 시간이다
대구시내에서 팔공산 자락에 있는
한티 순교지를 향해 달렸다

돌아보는 길, 비우는 길, 뉘우치는 길, 용서의 길
사랑의 길 표지판 읽으며 한티재를 넘어가니
입구에는 '평화가 여러분과 함께'라고 쓴
큰 비석이 서서 우리 일행을 반겨주었다

산경은 합천 해인사 입구를 방불케 하여 더욱더 정겨웠다
200여 년 전 천주교 박해를 피해 첩첩산중에 숨어서
옹기와 사기그릇 숯을 구워서
생계를 꾸려가며 살다 순교당하고
묻힌 곳이 많은 세월 흘러 오늘의 한티마을이 되었다

산 능선엔 아름다운 전설을 만들어 주는 운해
고요함과 잡풀 하나 없는 넓은 초원 가을엔 갈대숲

작고 예쁜 밤들이 십자가길 나선 우리 앞에
뚝뚝 떨어지고 있었다
성모상 앞에서 묵상하고 아름다운 가을 산을 바라보니
감사한 마음

산속엔 37인의 묘역 십자가의 길, 겸손의 길, 인내의 길
모두다 30분 코스로 순례자들의 마음을
흠뻑 적셔주고 있다
그 넓은 곳을 교우들이 무료 봉사해서
깨끗한 환경을 만들었다
나의 삶을 다시 반성하며 돌아오는 발길은 가벼웠다

형제란 좋은 것

새어머니 생신이라
대구에서 9남매가 다 모였다
오랜만에 어머님 덕분으로
한자리에서 즐거운 시간이었다

모두 바쁜 터라 세 시간인
저녁만찬이 너무 아쉽고 안타깝다
부산으로 서울로 각자 떠난다
다음 약속을 기약하면서…

언제나 화목한 우리 형제들
하나같이 착하고 서로 배려하며
올 때는 선물들이 가방 한가득

대구동생이 하룻밤만 자고 가라지만
난 내 집이 편하고 저들도 모두 바쁜데
폐 끼치는 것 같아 바로 올라 왔다

—

좋은 세상이라 반나절에 천리길 오가며
살 수 있는 대한민국이 너무나 좋다
천국을 사는 듯 벅찬 기쁨을 느낀다

하늘나라로

착하신 김옥화 형님 천당 가시는 날
청명한 하늘에 예쁜 날개옷 펄럭이며
연령회원 기도 속에 날아가시네

꽃구름 타고 두둥실 떠나는 영혼
합장하는 사람들 기도 손에 안겨
꽃길에 흰 국화가 하늘에 닿았네

하느님 아시는 사순시기 때 맞춰
춘분지난 오늘 온화한 웃음 속에
바람도 숨죽이고 조용히 비켜주네

이 좋은 시절에 초대 받은 형님은
천당 높은 하늘 천사 따라 가셨지

풀꽃

풀숲에 무수히 핀 풀꽃들
연하디 연한 귀여운 것들

그렇게도 가는 허리
봄바람에 한들한들 춤을 춘다

부러질까 아슬아슬
만나 반갑다고 잘도 춘다

너를 위해 아무 것도 해준 것 없이
어제 오늘도 변함없는 네 마음

한여름

에어컨 있는 곳은 천당
에어컨 없는 곳은 지옥
길거리 나서면 한증탕
더워도 너무 덥다

앞으로는 여름이 6개월이라니
생각만 해도 끔찍하다
온대성 기후가 열대성으로
변해버린 대한민국

모든 것들은 인간으로 인해
이변이 생겼으니 누구를 탓하랴
참고 견디며 나머지 여름 이겨 내야지
과천복지관은 우리들의 천국이다
이승에도 천당과 지옥이 있구나

홍시를 먹으며

어느새 가을 물 들었나
슈퍼엔 빨간 홍시가 수북이 쌓여
내 시선을 당긴다

당신은 그 많은 과일 중
유독 껍질이 줄줄 벗겨지는
말랑한 복숭아를 즐겨 먹었지

가을이 되면
홍시도 많이 좋아 하셨지
아이들 하나 둘 둥지를 떠나 버리니
텅 빈집에서 단둘이만 남아
홍시를 맛있게 먹으며
마주 보고 환하게 웃었지

지금은 혼자 먹으며
그리움이 솟는다

화창한 봄날

어느덧 앞 다투어
봄꽃들이 꽃망울 터트리고
목련화는 먼저 피어 탐스럽게 웃고 서 있네
노란 수선화도 저 보라고 손 흔들고

겨우내 아무소식 없이 서 있던 두릅나무에
새 순이 나와 나풀나풀 봄을 알리네
쑥과 돌나물도 지천으로 올라오고
냉이와 부추도 뾰족뾰족

이렇게 좋은 봄날
마음도 한없이 부풀어 오른다
산수봉에 올라선 이 나이에
건강을 위해 운동도 하고

더 배우고 싶은 욕망으로
친구들과 웃음꽃 피우고
보람찬 노년의 한마당인
복지관으로 향한다

화요일은 행복한 날

화요일은 시 공부하는 날
다듬어 보아도
내 맘에 안 들어 그전 같지 않다
얼만 큼 더 아파야
내 마음에 꼭 드는 시가 될까

사랑을 해야 잘 써진다는 시 정말인가
난 그쪽은 멍청이니 안 되는가
세포 수치와 감성이 죽어선가?
오늘도 미완성의 시를 쓰다 말았다

선생님 명강의나 듣고 와야지
오늘은 행복한 날 화요일이니까

詩를 찾아 혼자 간다

김용하 시인

詩는 無에서 有를 창출해가는 어려운 과정이다. 언어 능력
으로 열어가는 노래. 시인의 아름다운 생활은 어렵고 힘
들어도 詩로 昇華하는 진실과 감성이 깃들어 있어 독자들로
하여금 작가의 마음을 읽어가며 자연스럽게 공감의 흐름은
작가와 한마음을 이룬다.

시인이 쓰는 시는 같은 내용으로 쓸 수 없는 묵계의 언약
이 스스로 창작해가는 길이다. 창작의 힘이 기쁨이기도 하
다. 그 길에 들어선 사람들은 하나같이 빠져나올 수 없는 속
성에 갇힌 형국이다.

자유로운 세상을 날아 생의 끝자락을 향해 한 걸음씩 다가
가며, 자신이 속한 환경에 아예 빠져버린 사람이 바로 시인
아닌가! 사는 동안 일상은 언제는 기뻤다 슬펐다 나락으로
떨어져 비명을 지르지만 사는 것은 너, 나 없이 아슬아슬한
곡예 한마당 아닌가? 마음에 새기며 시의 흐름을 탄다. 아니,
타고 간다.

때로는 감성에 젖어 살며 하늘을 나는 기쁨을 감출 수 없
어 콧노래 절로 나오기도 한다. 꽃이 피면 꽃에 취해 꽃의 노
래를 부르게 되고, 불안한 사회에 침몰되어 불행에 치우쳐도

시인은 흐름을 역류하듯 혼자의 감성에 젖어 의연하게 생을 열어간다. 요즘 코로나 바이러스 때문에 단절된 사회와 환경에 치우쳐 옹색한 생활을 비관하지만 좋아질 거라는 막연한 희망을 설정하여 스스로 위안하며 할 일은 한다.

시인은 어떤 면엔 강력한 독선주자라 누구와 다정한 타협이 없이 자기감정을 노출하지도 듣지도 않고 고집스럽게 밀고 가는 외골수의 길을 열어간다고나 할까? 그래서 지칭하기를 고독한 순례자라 하는가?

하영애 시인은 두 번째 시집을 내며 무거운 발걸음을 사방에 뻗혀 소소한 삶과 일상을 노래로 엮어냈다. 겸손하고도 당찬 시인이 열어가는 詩想을 따라가 보자. 여는 시에서부터 예사롭지 않다. 예수님께서 처참하게 못 박히신 그날의 일면을 여는 시로 택한 마음이 읽혀진다. 사람의 마음은 언제나 희망 쪽으로 발걸음을 향한다.

빛을 따라 가면 희망이 보이나요?

해 뜬 쪽으로 걸어가면 낙원인가요?

알 수 없는 어둠에서 헤매다

엠마오로 가면 주님을 뵙나요?

건성 교회를 다니니까 아직인가요?

—「엠마오로 가는 길」일부

시인의 당찬 목소리로 감히 주님을 향해 질문하여 열어가는 향방의 소리를 듣는다. 알고 보면 신앙의 힘은 心象을 열어가는 순수 서정이다. 일종의 신기가 뻗히지 않으면 어찌 도전적인 목소리로 저항 하듯 따질 수 있을까? 시인은 스스로 告白하기를 건성 교회를 다닌다고 스스로 자백하지만 주님 뵙기가 소망인 시인은 주님과 함께 주님을 가까이서 뵙고 기도하는 마음을 확실하게 다짐해두자는 일종의 소망일지도 모른다.

　살아 있는 모든 사람 알 수 없는 부정적인 이 시대 暗鬱한 고통의 장을 넘기며 내일이 궁금하고 당면한 어려운 문제들이 散在해 있으니, 소망을 확신하고 싶은 주제는 늘 일상으로 다가오는 일. 왜를 외치고 물어물어 기도하면서도 끝도 한도 없는 의문 속에서 자고 먹고를 하며 정확히 모르는 곳을 가는 게 아닌가? 스스로 할 일을 찾아가는 과정이 생활이기도 하고, 또는 어려운 삶의 길이기도 하다.

　　도마처럼 주님 상처 만지고 느껴서
　　죄를 인정하며 깨닫는 사람이고 싶어요
　　죄 없이 돌아가신 예수님 때문에
　　잘 난 척 책을 내기가 주저됩니다
　　자책하고 반성하며 위로받고 싶어요
　　2020년 코로나 혼란은 속수무책束手無策인데

　　모른 척하는 허약한 믿음에
　　새 시집을 내려고 생각하니
　　부끄러워지는 제 진심 용서하시고
　　역행하는 욕심 이해해주셔요
　　평화와 자유의 함성이 기쁘면서 우려돼요

> 주님과 동행하기로 이 책을 바칩니다
>
> ―「엠마오로 가는 길」일부

　시인이 시집을 낸다는 것은 어쩌면 우주의 단면에서 피우는 꽃이요, 당대 사람들의 공감대의 연계성을 가로지른 다리 社會性을 지닌 노래다.

　과학자들은 사실을 규명하여 시대에 맞는 전자시대를 열어놓더니 살생무기를 개발하여 핵전쟁의 협박으로 강대국이 약소민족을 호령하여 기 죽이나? 세상사 만일 아인슈타인이 나지 않았다면 세계 역사는 달라졌겠지. 문학은 眞實을 이미지화하여 감성의 기복을 적절하게 시로 표현된 것 아닌가.

　온화하고 따스한 해 바닥을 알 수 없는 심해, 상상하기 힘든 광대한 우주의 거리, 아득한 어둠에서 태어나 수억 년인데 이제야 비로소 내 망막에 도달했을 저 별빛, 저 空氣, 보이지 않지만 믿을 수밖에 없는 자연, 가슴 벅찬 감동이 설명할 수 없듯 신앙이 바로 그런 것 아닌가?

　의인, 선지자, 예언자이신 예수님! 따르기로 한 이상 혼란스럽지 않게 예수님을 따른다는 것이 眞率한 작품의 축이다. 그 해명이 독백의 형태로 태어나 勸誘의 형태나 解釋의 형태를 하고 있거나 이 모두는 自省이라는 깨달음을 갖고 있다. 그러므로 진술은 들려주고 싶은 것을 어떤 형태로 말하고 있는가에 따라 그 구조는 결정된다.

　가지마다 꽃 매달아

웃던 시절 어디 가고
짙은 녹색 너울대며 놀던
싱싱했던 여유로움 어디 갔나?

오색찬란했던
꿈도 잃어버린 채
새로운 탄생을 준비한다
침묵으로 찬바람 버티며
땅 속에 묻은 소망
새로 태어나길 기다리나?

―「나목裸木」 전문

　詩는 우선 느낌의 진술이므로 순간 받아쓰지 않으면 그 감흥은 여지없이 사라진다. 독백은 의미 있는 설명 저변에 정서적인 호소다. 살구꽃 안을 수 있는 가지 팔 벌려 꽃을 가득 안고 있는 모습은 최대로 종족 번식을 자랑하는 진실규명의 독백으로 멈출 수 없는 생명력의 진실과 욕심이다.

　봄에서 여름, 여름에서 가을, 漸層의 세월 보내는 아쉬움까지 진술하고 있다. 아무 문제없는 봄날 당연히 창의력이 돋보이는 絶唱이 있음직한 대목에서 평이하다는 것이 아쉽다.

　주관적인 내용을 그리는 '땅 속에 묻은 소망/ 새로 태어나길 기다리나?' 혼자만의 호소로 끝날 수 있다. 즉 진술은 개인의 정서에 속한 상투적인 수법에서 벗어나 깨달음을 동반하는 표현이어야 한다.

　보편적인 흐름으로 갈 수도 있겠다는 우려는 늘 고려되어야 한다. 즉 '오색찬란했던/ 꿈을 잃어버린 채' 꿈은 가을에 누구나 보편적으로 쉽게 쓰이는 어휘, 살펴볼 대목이다.

황반성 주름이라는 병을 얻어
실명 위기를 맞아
망막수술을 선택했지만
예전 같은 내 눈은 아니다

귀도 발음이 정확히 안 들리고
어리바리 맑은 정신마저 없어
혼절한 듯 사는 것이 재미없지만
시간은 잘도 흘러가는 구나

그래도 즐거움을 찾으려고
복지관에서 일주일간
분주히 공부하느라
세월 가는 줄도 모르고
아파 할 여백도 없다
이것이 행복 아닐까

―「나의 삶」전문

예전 같은 내 눈은 아니다 는 시인은 나이 탓으로 돌리는 황반성주름이라는 눈병을 얻었지만 누구처럼 떠들어 엄살 없이 받아들여 수술 했지만 예전 같지 않다며 진술하고 있다. 시인은 의연하게 대처하는 현실을 고백하며 행복을 은근히 추구함은 어쩌면 반전의 진술로 느껴진다.

눈, 귀의 불편함의 현실을 평범한 일상으로 넘기는 시인만의 개성인가? 사람이 사람으로서의 기능을 잃어버리면 나서기조차 어려운 때를 만났지만 의기소침한 시절은 시인 곁에서 쫓겨나는 사항인 듯 혼미한 정신을 끌고 복지관 친구 찾아간다.

모든 사물은 적응력이 강하다. 나무들은 생긴 대로 바람과 놀고, 강물은 낮은 곳을 향해 흐르며 높은 곳을 바라지 않는구나, 말은 사라지고 기록은 영원히 남는 것, 詩人은 스스로 흐르는 이야기를 시로 쓰는가?

자기 관념의 그릇에 담아서 독자 앞에 내놓아 공감을 받고 싶어 한다. 되돌아오는 비방을 감수하면서도 끈질기게 붙잡고 늘어지는 상황을 본다. 아니 한 번 그 길에 들어선 이상 달리 방향을 바꾸는 일은 별로 없다. 시 쓰는 곳에서 행복을 발굴하려는 끝없는 노력은 지속적인 글쓰기로 이어진다.

난 가끔 풀밭을 서성인다
네잎클로버를 찾는다
눈도 나쁘면서 왜 그럴까

나는 아직도 행운을 바라는 마음
행복하면 되지 행운까지 욕심도 많아
하면서도 하나 찾으면 기분이 참 좋다

욕심 부리면서 보면 안 보인다

마음 비우고 천천히 찾으면 보인다

인생도 마찬가지 아닐까

—「네잎클로버」 전문

　자신의 나이가 산수봉을 수월히 넘어간다는 구절처럼 만만치 않은 연세임에도 불구하고 시인은 소녀감각을 여실히 보여주고 있다. 여고 시절 운동장 끝 잔디밭에 앉아 네잎클로버를 찾았던 가슴 뛰던 과정은 있었으리라. 진술은 해명이요 작품의 주축이다.

　해명이 독백의 형태를 하고 있거나, 권유의 형태나 해석의 형태를 하고 있거나 간에 욕심이 눈을 가리면 진실은 보이지 않는다는 아포리즘은 곰삭은 年輪이 아니면 불가능했음을 시인 스스로 진술하고 있다. '행복하면 되지 행운까지 욕심도 많아' 자책하지 않던가! 정직할수록 살기에 아프다. 원죄의 후예들이기에 묘사는 운명적으로 대상에 종속된다. 고백의 끝은 누추할 수 있다.

　구구한 설명이 이어지기에 더구나 높은 상대 일수록 자신의 약점이 떠오르나? 그리고 왜 아픈가? 주님 앞에 넘치는 주문을 고백해놓고 그 걸 기도로 얼버무리던 모든 일, 머리에 떠돈다. 네잎클로버는 찾고자 하면 욕심을 버려야 보인다는 고백이 윤리라면 묘사는 현실적인 아픔이다 산 사람은 늘 아프고 결단이 힘들다.

　하지정맥류 피돌기 생명의 길

　발끝을 살리고 심장으로 가는 중

가파른 심장 길 오르지 못해
하지에 주저앉아 버린 피
다리 아프고 쥐나게 하여
약 먹고 침 맞고 자석목걸이로
순환을 촉진하니 잠잠하다

— 「다이너마이트 인생」 일부

시인은 현실적 아픔도 다 시로 승화시키는 방법을 안다. 그리고 다스리는 비법까지 여유로운 해법까지 심장의 작동이 전신의 기능을 좌지우지하는 숨소리 호령에 박자 맞춰 촉수를 세는 섬세함까지 생명의 촉수는 신기하다. 조물주의 능력임을 인정해야 된다.

생명은 하느님 주관이요, 사람들의 한계는 극히 제한됨을 겸손하게 받아들여 시 창작에 반영될 일이다. 요즘 難解性 시를 쓰는 젊은이들 天地人의 참 抒情詩를 아는지 묻고 싶다.

헤아릴 수 없는 별과 달, 生命을 主觀하시는 하느님을 시인하며 사람다운 品貴를 반영하는 내용을 쓰는 기본양식을 지키는 일은 사람 도리이다. 이웃을 제 몸 같이 사랑하라는 지상명령을 실천할 일이다, 내 몸도 하느님 주신 몸, 몸과 마음을 잘 간수할 일이다.

이래저래 컨디션이 요동치니
나이 탓이라 치부하지만
사는 날까지 병 없이 사는 게 소망이라

수술이다 조기진단에 영양까지
혈압 당뇨는 아예 폭탄으로 장전하고
마음 졸이며 언제 터질지 기다리는 인생
아슬아슬 고공의 외나무다리 걷기다

지금도 난 왼쪽 가슴이 이상한 느낌
젊어서부터 있던 병이라
검사하면 심전도에는 이상 없다니 그냥 지내고 있다
혈압 당뇨 모든 것 다 안고 사는 나는
다이너마이트를 달고 있으니 긴장 속
언제 터질지 아슬아슬 오늘도 걷고 있다

—「다이너마이트 인생」 일부

  사람은 최초 나서, 살고, 죽고, 세 가지 요소를 지키며 사는
것, 천차만별의 복잡한 세상사 불행의 연속이라 詩題는 넘친
다. 쓸거리는 손에 발에 머리에 사뭇 걸려 떼어내야 할 정도
다. 왜 멈춰서야 하나? 그런데 나를 이길 수 없을 때 지고 만
다. 매일 새로운 뉴스와 사건사고로 이어지는 사회. 그 중 특
이한 재난이 돌발하는 경우, 요즘 당면한 불행의 예를 들면
코로나로 어려운 경제난과 소통의 문제 계층 간의 갈등.
  시인의 감성이 살아있는 사람들 가난을 시제詩題로 차용해
시를 쓰는 사람, 병마쯤이야 있을 수 있는 일이라 시인은 와
중에 사람의 앞길 한치 앞을 단언할 수 없으니 불안하다.
  더구나 병명을 알고부터 더욱 위기의식 안고 사니 모든 게
행복하지 못한 셈. 그래서 제목을 '다이너마이트 인생'이라

칭하여 서술한 내용에서 실토하는바 죽음의 곁에서 삶을 노래하고 있다. 시인들이 가장 많이 당면하는 문제성, 그래도 이기고 사는 모습을 「다이너마이트 인생」이 보여준다.

다시 찾아와
꽃 피우는데
왜 당신은 돌아올 줄 모르나?
툭툭 털고 가면 다시 못 올 먼 길
나 쉬엄쉬엄 따라가고 있네
무엇을 남겨두고 갈 것인가? 고민 중

'인생은 짧고 예술은 길다' 했지
깊숙이 들어앉은 세월에
유서 같은 시 한 편 남겨놓고
후회 없이 하늘의 바람 되어
당신 있는 곳으로 훨훨 날아갈까?
기쁨은 없어지고 잘못은 아직 남아 있네

—「다시 봄」 전문

작년에 피었던 자리에 올 봄 꽃은 돌아와 피는데 '왜 당신은 돌아올 줄 모르나?/ 나 쉬엄쉬엄 따라가고 있네' 고백하고 있다. 다른 환경에서 자라 성년이 되어 만나 50여 년 아들 딸 키우며 길들여진 생활, 미운 정 고은 정 사랑으로 흔들리지 않는 고목처럼 굳건한데 먼저 천당으로 가버리니 '후회 없이 하늘의 바람 되어/ 당신 있는 곳으로 훨훨 날아갈까?'

절실한 이 한마디 시사하는 바가 많다.

하찮은 들꽃이 봄이라며 제자리에 와 피우니, 다시 오지 못하는 사람, 生死苦樂을 함께 했지만 남은 것은 외로움 그리고 여기저기 아픔뿐인가? 더구나 '기쁨은 없어지고 잘못은 아직 남아 있'다고 고백한다.

시인도 사람이기에 위로받고 싶은 마음 시를 쓰게 하는가? 혼자 사는 방법을 익히며 사는 호재인가? 악재인가? 색다른 길을 향해 가며 새로운 시를 쓴다.

아름다운 소재를 찾아 끝도 시작도 없는 또 다른 순례의 길 슬픔인지 이별인가, 또는 達觀의 길인가? 예외 없는 소재를 찾아 헤매는 발걸음인가?

착하신 김옥화 형님 천당 가시는 날
청명한 하늘에 예쁜 날개옷 펄럭이며
연령회원 기도 속에 날아가시네

꽃구름 타고 두둥실 떠나는 영혼
합장하는 사람들 기도 손에 안겨
꽃길에 흰 국화가 하늘에 닿았네

하느님 아시는 사순시기 때 맞춰
춘분지난 오늘 온화한 웃음 속에
바람도 숨죽이고 조용히 비켜주네

이 좋은 시절에 초대 받은 형님은

천당 높은 하늘 천사 따라 가셨지
　　　　　　　　　　　─「하늘나라로」 전문

　죽음이 무감각하여 어지러운 꿈도 없이 숙면처럼 단잠을
자고 일어난다면, 열 번 죽어도 마다 않겠지? 여행처럼 천당
에 가신 분을 만나고 올 수 있다면 얼마나 복잡한 천당일까?
한 일 제쳐놓고 아무 약속도 없이 가버린 죽음에 길이어서
영원히 세상에 발 디딜 수 없는 망각의 객이 되어 세상에서
제거된다는 생각에 죽으면 통곡하는 게 아닌가?
　의인법으로 돌아 올 수 없다는 내용은 시의 결구에 무리되
지 않는 표현을 통해 '하느님 아시는 사순시기 때 맞춰/ 춘
분지난 오늘 온화한 웃음 속에 / 바람도 숨죽이고 조용히 비
켜주네 // 이 좋은 시절에 초대 받은 형님은/ 천당 높은 하
늘 천사 따라 가셨지'라며 관조한다.
　이어 '해마다 가을이면 내 고향 합천에서/ 쌀이 한 가마니
씩 온다/ 경기미 같지는 않지만/ 찹쌀 조금 섞으면 참 맛있
다// 천당에 계신 아버지 논에서 난/ 아버지 계신 천당에서
부친 쌀 아닌가?/ 아버지의 쌀로 밥을 지어 먹으면서/ 고맙
다는 인사 어디 대고 할까/ 불효여식은 아버지 덕분으로/ 산
수봉을 배곯지 않고 수월하게 넘어 갑니다'(「아버지의 쌀」)
에서는 시인의 순수하고 효심이 시로 표현되었음을 본다.
　누구나 부모의 고마움을 안고 살지만 선뜻 나서지 못하는
데 시인은 작가다 보니 가능하지 않은가? 고향 경상도 합천
의 청빈하기로 유명한 법조인을 아버님으로 두신 덕에 철저
한 효심을 배워 몇 마지기 작은 소출을 8남매의 자녀가 골고

루 나누어 먹는 표양을 시에서 보듯 소박한 형제애를 보이
는 시상.

시는 이같이 사람으로서 애국애족愛國愛族에서 부터 미풍
양속에 이르기까지 불의를 멀리하도록 나무라고 세우고 사
는 詩다. 이미 돌아가신 수십 년 아버님의 덕을 보고 기리는
孝父가 孝心을가르치며 傘壽峰을 넘어가도록 家統을 이어
주는 詩想의 위대함이여!

　　그 이름 양귀비
　　선홍색 붉고 단정한 모습에
　　내 마음 빼앗겼네

　　맑디맑은 하늘 아래
　　흔들릴 때마다 추는 춤
　　황홀한 전율이여

　　하강한 천상의 꽃
　　서울 대공원의 주인공인가
　　내 마음에 스며든 꽃이여
　　보고 싶은 그리운 모습이여…
　　　　　　　　　　　　　　　　　　　－「양귀비 꽃」전문

양귀비의 꽃말은 망각, 위안, 망상, 허영, 환상에 이르기까
지 색깔에 따라 꽃말도 조금씩 다르지만 여자의 매력과 상
통하는 이미지가 떠오른다. 정염에 불타는 빛깔에서 오뉴월

장미나 양귀비시절, 시를 많이 그린 것도 당연하겠다.

프랭크 C 카우퍼의 그림에서 요정은 진홍 양귀비가 대담하게 그려진 긴 드레스를 출렁이며, 물결치는 금빛 긴 머리를 매만지고 있다. '아편꽃'이라고도 불리는, 둘레에 가득 피어난 매력적인 꽃 보다 그녀의 품격이 저녁놀을 받아 옷과 꽃은 붉게 타고 있다. 미의 화신이 되어 그녀 발치에 누워 있는 기사의 갑옷에 금빛 광택이 번쩍인다.

보는 사람 시각의 변화를 강요하는 작품은 시가 그림이요 간절한 마음이 드러나 시를 보면 그림이 되고, 그림을 보면 시가 되는 유대성이 창작인의 눈엔 보인다.

詩 본질은 미학의 바탕이 근원이며 범할 수 없는 엄연한 작가의 관념에서 순수하게 태어난다. 그리고 내용은 독자의 것으로 떠난다. 그러기에 발표를 미루는 것은 완성이 아니요 잠복한 무덤이다. 시인이 시집이 살고 죽는 것은 온전히 시인의 손에 의해서다.

하영애 시인의 詩 몇 작품을 발췌하여 쓰며 사무엘 울만의 시 「靑春」을 생각한다. 그는 '이상을 잃어버릴 때에야 비로소 늙는 것'이라 했다. 그는 이 시의 마지막 구절처럼 살려한다. '그러나 그대의 氣槪가 樂觀主義의 波濤를 타고 있는한, 그대는/ 여든 살로도 靑春의 이름으로 죽을 수 있네' 시인은 보통이 아닌 사람이라고 자부하면서, 感性을 살린 긍정적인 마음가짐이 詩의 원동력이라고 말하고 있는 것이다.

엠마오로 가는 길

ⓒ2021 하영애

초판인쇄 _ 2021년 2월 18일

초판발행 _ 2021년 2월 24일

지은이 _ 하영애

발행인 _ 홍순창

발행처 _ 토담미디어

서울 종로구 돈화문로 94(와룡동) 동원빌딩 302호

전화 02-2271-3335

팩스 0505-365-7845

출판등록 제2-3835호(2003년 8월 23일)

홈페이지 www.todammedia.com

편집미술 _ 김연숙

ISBN 979—11—6249—100—3